UN DRAGÓN CANSADO

UN DRAGÓN CANSADO

ETHAN LONG

SCHOLASTIC INC.

¡CLANG! ¡CLANG! ¡CLANG!

UN dragón andante
usa una taza como tambor.

Un dragón cansado dice:
—¡No me despiertes, por favor!

DOS dragones ruidosos pelean.
¡Se quieren destruir!

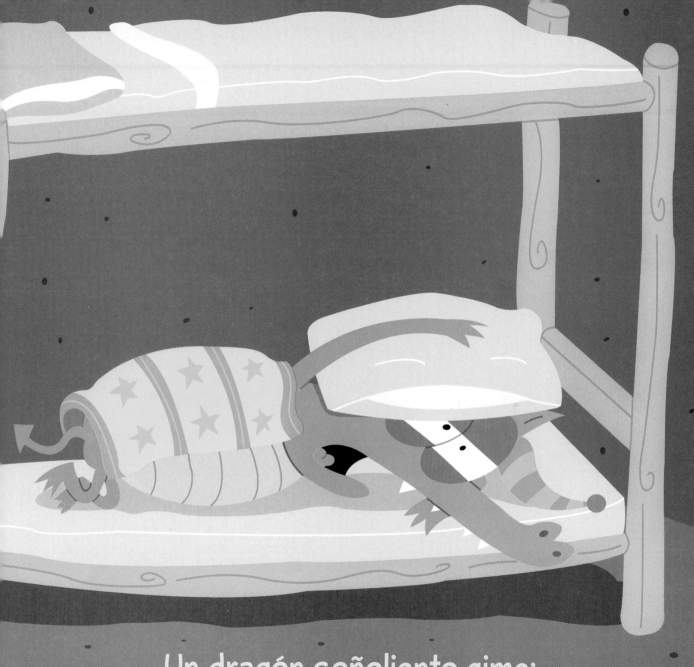

Un dragón soñoliento gime:
—¡Oigan, déjenme dormir!

TRES dragones bailarines danzan porque están de fiesta.

Un dragón mareado gruñe:
—¡Quiero dormir la siesta!

CUATRO dragones revoltosos
juegan a pegarse.

Un dragón agotado pregunta:
—¿Podrían calmarse?

Un dragón gruñón les grita:
—¡Paren ya! ¡Santo Cielo!

SEIS dragones sedientos
hacen un batido de fresa.

PRIRRRRR R RRRRR
PRIRRRRRRPRIRRRRR

Un dragón enojado reniega:
—¡Me duele la cabeza!

¡MAMI!

Un dragón desesperado suplica:
—¡Tengan compasión!

OCHO dragones bulliciosos juegan al *croquet*.

Un dragón furioso protesta:
—¡Esto no puede ser!

Un dragón colérico chilla:
—¡Me cayó una maldición!

DIEZ dragones fatigados
se van a acostar.

Un dragón abatido
por fin puede descansar.

De un dragón dormido,
feroces ronquidos empiezan a salir.

¡RONCA!

¡TRONC! ¡S

Diez dragones soñolientos dicen:

A Cooper, el hombre de las ideas.
Con amor, tu papá — E.L.

Originally published in English as *One Drowsy Dragon*

Translated by J.P. Lombana

ISBN 978-0-545-75031-8

12 11 10 9 8 7 6 5 4 3 2   15 16 17 18 19 /0

Printed in the U.S.A.   40

First Spanish printing, September 2014

The artwork was created digitally.
The text was set in Bleeker.
Book design by Christopher Stengel